Franz Hermann Troschel, Johannes Peter Müller

Nene Beiträge zur Kenntniss der Asteriden

Antigonos

Franz Hermann Troschel, Johannes Peter Müller

Nene Beiträge zur Kenntniss der Asteriden

Unveränderter Nachdruck der Originalausgabe von 1843.

1. Auflage 2024 | ISBN: 978-3-38653-215-0

Antigonos Verlag ist ein Imprint der Outlook Verlagsgesellschaft mbH.

Verlag: Outlook Verlag GmbH, Zeilweg 44, 60439 Frankfurt, Deutschland, info@outlook-verlag.de
Vertretungsberechtigt: E. Roepke, Zeilweg 44, 60439 Frankfurt, Deutschland
Druck: Libri Plureos GmbH, Friedensallee 273, 22763 Hamburg, Deutschland

racteristischen Rüssel der Gattung nicht beobachtet, aber die Kleinheit der Form entschuldigt hierin den Beobachter und berechtigt nicht, des scheinbaren Mangels halber, eine neue Gattung zu bilden. So schien es mir denn, um nicht einen späterhin zu verwerfenden neuen Namen einzuführen, angemessen und auch ganz im Sinne des wissenschaftlichen Verfassers, dieses Thierchen als Chlamidomonas? Punctum vorläufig zu bezeichnen.

Endlich ist die ausgesprochene Meinung dieses geübten Beobachters über die Form-Umwandlungen und das primäre Entstehen der kleinen Organismen, welches beides er aus dem Kreise seiner Erfahrungen völlig abweist, von wissenschaftlichem Gewicht.

———

Neue Beiträge zur Kenntniss der Asteriden.

Von

Dr. J. Müller und Dr. F. H. Troschel.

———

Nach der Herausgabe unseres „Systems der Asteriden" beabsichtigten wir, von Zeit zu Zeit, die uns von Neuem bekannt gewordenen Thatsachen zu veröffentlichen. Hierzu haben wir schon jetzt eine Gelegenheit, indem sich in den Sendungen mehrerer Reisenden, namentlich des Herrn **Preiss** von der südwestlichen Küste Neu-Hollands und des Herrn **Philippi** aus Chile, interessante neue Arten vorfanden. Ausserdem wurde uns durch diese Sendungen das Vaterland und die weitere Verbreitung mancher schon beschriebenen Arten bekannt. So erhielten wir *Asteracanthion rubens* nun auch aus Chile; *Asteracanthion tenuispinus* aus dem südwestlichen Neuholland, *Luidia maculata* ebendaher, desgleichen *Goniodiscus ocelliferus, Asteriscus Diesingii, Archaster angulatus, Asteriscus penicillaris* und *Asteropsis vernicina*. Von **Schayer** erhielten wir aus Vandiemensland *Astrogonium geometricum*. Die *Ophiothrix violacea* ist uns durch Herrn **Krantz** auch aus Süd-

Carolina zugegangen. An die Beschreibung der neuen Arten schliessen wir Bemerkungen über die Gattungen· Ophiothrix und Ophionyx und eine Zusammenstellung über die geographische Verbreitung der Asteriden.

1. Beschreibung neuer Arten.

1. Asteropsis vernicina.

An einem von Herrn Preiss vom südwestlichen Neuholland erhaltenen Exemplare dieser Art haben wir uns überzeugt, dass dieselbe wirklich in die Gattung Asteropsis gehört, was wir System der Asteriden p. 64 Anmerk. bezweifelten. An diesem Exemplare fehlt die in der Beschreibung erwähnte Pedicellarie zwischen den Bauchfurchen.

2. Echinaster decanus Nob. nov. sp.

Fünf Arme. Verhältniss des kleinen zum grossen Radius wie 1:4. Die Furchenpapillen stehn vier auf jeder Platte in einer Reihe, und sind von gleicher Länge. An sie schliessen sich unmittelbar Haufen von borstenartigen Stachelchen, ähnlich den Furchenpapillen, welche auf der Bauchseite der Arme dichtstehende Längsreihen bilden. Nach den Seiten der Arme werden diese Haufen von borstenartigen Stachelchen seltener und bilden keine Längsreihen mehr, sondern sind mehr netzartig vertheilt. Auf dem Rücken wird dies Netz noch deutlicher, die Borsten werden sehr kurz. Das Netz hat sehr grosse nackte Porenfelder mit vielen Poren, deren man an einigen Stellen über 20 in einem Felde zählt. Das Netz selbst besteht aus einzelnen rundlichen Haufen von Borsten, deren Zahl sehr beträchtlich, nämlich gegen 40 bis 50 in einem Haufen ist. Die Maschen des Netzes werden gegen das Ende der Arme enger.

Farbe: Schön violett.

Grösse: 4 Zoll.

Fundort: Südwestliches Neuholland. Im Zoologischen Museum zu Berlin durch Preiss.

Anmerkung. Diese Art schliesst sich unter den Echinastern zunächst an *Echinaster oculatus* an, der indessen bestimmt von ihm verschieden ist. Beim oculatus, wie bei den meisten Echinastern, steht tiefer in der Furche ein kleines gekrümmtes Stachelchen auf jeder Platte, und die eigentlichen Furchenpapillen bilden eine Querreihe, bei decanus hingegen fehlen die kleinen Stachelchen in der

Tiefe der Furchen und es stehn vier Furchenpapillen in einer Reihe auf jeder Platte parallel der Furche. Die Stachelhaufen des letzteren haben keine erhöhte Basis, und sind daher keine eigentlichen Pinsel, wie sie bei Solaster vorkommen. Übrigens zeigen diejenigen Arten der Echinaster, wo die Stacheln Haufen bilden, wie nahe die Gattungen Solaster und Echinaster verwandt sind.

3. **Oreaster valvulatus** Nob. nov. sp.

Fünf Arme. Verhältniss des kleinen zum grossen Durchmesser wie 1 : 2½. Rücken gewölbt. Die Winkel zwischen den Armen ausgerundet. Furchenpapillen in zwei Reihen; in der innern neun ziemlich gleich lange auf jeder Platte; in der zweiten Reihe drei dicke Papillen auf jeder Platte, an welche sich die groben Granula der Bauchseite anschliessen. Die Bauchplatten sind überall grob granulirt, und tragen grosse bis 2 Linien lange klappenartige Pedicellarien. Eben solche auf den ventralen und auf den dorsalen Randplatten. Die Granulation der ventralen Randplatten ist wenig feiner als die der ventralen Platten, und gleichmässig; die der dorsalen Platten ist etwas feiner und zwischen ihr entwickeln sich kurze stumpfe Tuberkeln, mehrere auf jeder Platte; die ventralen Randplatten bekommen davon nur eine Andeutung gegen das Ende der Arme. Funfzehn Randplatten an jedem Arme. Die Granulation des Rückens ist feiner, als die des Bauches. Auf den Rückenplatten erheben sich stumpfe Tuberkel, welche an ihrer Basis von Granulation eingehüllt sind. An der Grenze der Granulation stehn grössere Granula, welche sich hier und da in Nebentuberkel ausbilden, so dass eine Erhebung mehrere Tuberkel trägt. Auf der Mitte der Arme bilden sie eine Art Kiel von zwanzig und einigen Tuberkeln, welchem parallel andere Reihen verlaufen. Die stärksten Tuberkel stehn in einem Kreis um den mittlern Theil der Scheibe. Auf dem Rücken finden sich hier und da kleine klappenartige Pedicellarien, etwas grösser als die Granula.

Farbe: Gelblich-braun.

Grösse: 8 Zoll.

Fundort: Südwestliches Neuholland. Im zoologischen Museum zu Berlin durch Preiss.

4. Astrogonium nobile Nob. nov. sp.

Körper hexagonal mit stark eingebogenen Seiten. Verhältniss des kleinen zum grossen Radius wie $1:1\frac{2}{3}$. Furchenpapillen in drei Reihen, in den zwei innersten Reihen zwei auf jeder Platte, in der dritten zwei bis drei; daran schliesst sich noch ein Zug von Granula, in die dritte Reihe übergehend. Die Bauchplatten sind glatt, von einem einfachen Kranze von Granula umgeben, mit Ausnahme der äussersten gegen die Spitzen der Arme, die sich mit Granulation bedekken; sie nehmen an Grösse nach aussen ab. Dorsale Randplatten vier, deren vorletzte die grösste, die letzte die kleinste ist; die vorletzte ist länger als breit; sie sind sehr stark convex. Die ventralen Randplatten, sieben an der Zahl, an Grösse allmählich abnehmend, flach. Beide sind nur am Rande durch einen Kranz von Granula umgeben, hie und da besteht dieser Kranz aus zwei Reihen Granula. Die dorsalen Platten glatt, von einem einfachen Kranze von Granula umgeben; die meisten sind zitzenartig erhoben. Die grössten Platten liegen in der Richtung gegen den Winkel zwischen zwei Armen; und diese sind flacher; die grösste von ihnen am nächsten dem mittlern Theile der Scheibe, dann folgen zwei und wieder zwei nebeneinander. Die Madreporenplatte liegt zwischen der unpaarigen und dem ersten Paar. Gegen die Arme hin ordnen sich die Platten in Reihen; die mittlere Reihe hat die stärksten Erhöhungen. Keine Pedicellarien.

Farbe: rothbraun.

Grösse. 3 Zoll.

Fundort. Südwestliches Neuholland. Im zoologischen Museum zu Berlin durch Preiss.

5. Goniodiscus singularis Nob. nov. sp.

Fünf Arme. Verhältniss des kleinen zum grossen Radius wie $1:2$. Die Winkel zwischen den Armen sind ausgerundet. 15 dorsale und ventrale Randplatten an jedem Arm; ausserdem eine unpaarige interradiale dorsale und ventrale Randplatte. Furchenpapillen in drei bis vier Reihen, cylindrisch und stachelartig; in der innersten Reihe eine auf jeder Platte, ebenso in den andern Reihen. Die Platten der Bauchseite sind weitläufig fast cylindrisch granulirt, und oft so, dass ihr Rand von Granula umgeben ist, zwischen denen eine zuweilen grössere in der Mitte liegt; meist findet eine gleichmässige Granulation der Platten statt. Die Randplatten nehmen allmählich an Grösse ab, sind breiter als lang und liegen schräg. Die interradiale mittlere ist beinahe dreieckig. Die Granulation der Randplatten ist niedriger und dichter, die Granulation des Rückens ist ähnlich der der Randplatten. Die Porenfelder sind klein und zahlreich. Keine Pedicellarien.

Farbe: roth.

Grösse: 3 Zoll.

Fundort: Chile (Reloncabi). Im zoologischen Museum zu Berlin durch Philippi.

6. Goniodiscus seriatus Nob. nov. sp.

Fünf Arme. Verhältniss des kleinen Radius zum grossen wie $1:2\frac{1}{4}$. Die Winkel zwischen den Armen ausgerundet; Arme spitz. An jedem Arm 13—15 dorsale und ventrale Platten, an Grösse allmählich abnehmend, breiter als lang. Die Furchenpapillen in der innern Reihe 7 auf einer Platte, von denen die mittlern die längsten, ein abgerundetes Blatt bildend; darauf folgt ein Haufen dickerer Papillen, zunächst der innern Reihe eine oder zwei, von denen die aborale zweite oft kleiner, dahinter noch einige ähnliche, zu demselben Haufen gehörend; sie sind comprimirt, und am Ende verdickt und abgeschnitten. Die Bauchplatten sind grob granulirt, und haben häufige Pedicellarien von Grösse der Granula. Am häufigsten sind die Pedicellarien an den Platten, welche den Furchen zunächst liegen. Die Granulation der Randplatten ist etwas dichter als die der Bauchplatten. Pedicellarien von Grösse der Granula finden sich an den ventralen Randplatten ziemlich häufig, an den dorsalen sind sie ziemlich selten, oder fehlen ganz. Die dorsalen Platten stehn in regelmässigen Längsreihen auf dem Rücken der Arme; im Interradius des Rückens liegen zwei Paare etwas grösserer. Alle sind mit Granulation bedeckt, zwischen der sich einzelne viel grössere platte Granula auf jeder Platte bemerklich machen. Die Platten auf der Mitte der Arme tragen oft mehrere solche, welche Querreihen bilden. Granulaartige Pedicellarien sind auf dem Rücken selten. Die Madreporenplatte ist gross, und liegt auf der Mitte zwischen dem Rande und Centrum.

Farbe: im trocknen Zustande röthlich braun.

Grösse: 5 Zoll.

Fundort: Südwestliches Neuholland. Im zoologischen Museum zu Berlin durch Preiss.

7. Astropecten triseriatus Nob. nov. sp.

Fünf Arme. Verhältniss des kleinen zum grossen Radius wie 1:4. Randplatten 30 an jedem Arme. Die Furchenpapillen bilden keilförmige Haufen. Auf den ventralen Platten zeichnen sich in der allgemeinen Bedeckung nur einzelne kurze Schüppchen aus. Plötzlich treten gegen den Rand einige Stacheln hervor, von denen der dritte längste den Randstachel bildet. Auf den dorsalen Randplatten stehn drei gleich grosse conische Stachelchen, deren Grösse von dem Grunde der Arme bis zur Spitze abnimmt. Ihre Zahl vermindert sich am Grunde und an der Spitze der Arme auf zwei. Sie stehn immer dicht neben einander und ihre Länge gleicht auf der Mitte der Arme der Länge einer Randplatte. Die Randplatten sind in der Mitte der Arme etwas höher als breit, und hier beträgt der Paxillenraum das dreifache ihrer Breite. Die Madreporenplatte ist sehr gross und liegt dicht an den Randplatten.

Grösse: 4 Zoll.

Fundort: Südwestliches Neuholland. Im zoologischen Museum zu Berlin durch Preiss.

8. Astropecten Buschii Nob. nov. sp.

Verhältniss des kleinen Halbmessers zum grossen wie 1:4½. Zahl der Randplatten 35. Die Furchenpapillen stehen in zwei Reihen, in der innersten stehen drei, von denen die mittlere ein wenig vortritt, in der äussern eine grössere platte am Ende abgestutzte auf jeder Platte, die noch von einigen ganz kleinen Stachelchen umgeben ist. In der Beschuppung der Bauchplatten tritt eine Querreihe von Stachelchen hervor, welche nach dem Rande zu nicht grösser werden. Am äussersten Rande eine dichte Reihe von längern cylindrischen Stacheln, meist drei auf einer Platte in einer Längsreihe. Die dorsalen Randplatten sind mit niedrigen Granula besetzt und tragen einen bis drei conische Stacheln, die weit von einander entfernt stehn, und so lang sind wie die Länge einer Platte; die äussere Reihe ist am vollzähligsten vorhanden, die innere Reihe hingegen nur an den Winkeln zwischen den Armen; von der mittleren Reihe finden sich nur hier und da Spuren. Die Randplatten sind in der Mitte der Arme breiter als hoch. Der Paxillenraum ist hier sehr schmal, und erreicht kaum die Hälfte der Breite einer Platte. Die Paxillen sind auf der Scheibe dadurch ausgezeichnet, dass sich aus der Mitte jeder Bürste ein ansehnliches Stachelchen erhebt. Die Madreporenplatte liegt dicht an den Randplatten.

Grösse: 4 Zoll.

Fundort: unbekannt. Im Museum zu Berlin durch Dr. von dem Busch in Bremen.

9. Astropecten Vappa Nob. nov. sp.

Fünf Arme. Verhältniss des kleinen zum grossen Halbmesser wie $1:3\frac{1}{2}$. Zahl der Randplatten 21. Furchenpapillen in zwei Reihen; in der innersten drei, in der äusseren wieder drei von gleicher Gestalt. Auf den Bauchplatten treten einzelne stachelartige Schüppchen aus der allgemeinen Beschuppung hervor, wovon das äusserste länger, aber kürzer als der Randstachel, der überall spitz und etwas platt ist. Die dorsalen Randplatten sind in der Mitte der Arme so breit wie hoch; sie tragen nach aussen hin ein conisches Stachelchen. Der Paxillenraum ist sehr breit, in der Mitte der Arme noch mehr als dreimal so breit wie die Breite der dorsalen Randplatten. Die Madreporenplatte steht dicht am Rande.

Grösse: $1\frac{1}{2}$ Zoll.

Fundort: Südwestliches Neuholland. Im zoologischen Museum in Berlin durch Preiss.

10. Astropecten Preissii Nob. nov. sp.

Fünf Arme. Verhältniss des kleinen Radius zum grossen wie $1:5\frac{1}{2}$. An jedem Arme 60 Randplatten. Die Furchenpapillen bilden einen keilförmigen Haufen. Die Bekleidung der Platten der Bauchseite besteht aus einer Reihe dünner Stachelchen, welche nach dem Rande zu sehr gross werden. Die Randstacheln sind jedoch von ihnen ausgezeichnet durch ihre Dicke und Länge. Sie sind in den Winkeln der Arme spitz und etwas platt aber nicht breit, weiterhin werden sie cylindrisch und am Ende abgestutzt. Die dorsalen Randplatten sind granulirt und tragen weder Stacheln noch grössere Granula. Die Breite derselben in der Mitte der Arme gleicht ihrer Höhe. Der Paxillenraum zwischen den Randplatten beträgt in der Mitte der Arme das Doppelte von der Breite einer Reihe. Man sieht keine Madreporenplatte.

Grösse: 8 Zoll.

Fundort: Südwestliches Neuholland. Im zoologischen Museum zu Berlin durch Preiss.

11. Ophiolepis chilensis Nob. nov. sp.

Die Scheibe dachziegelförmig beschuppt. Radialschilder nach dem Centrum zu divergirend; zwischen ihnen liegen drei Schüppchen in einer Längsreihe, von denen die mittlere keilförmig ist. Die Mundschilder sind viereckig und klein. Die Mundpapillen zwei an jedem Seitenrande und zwei an jedem vorspringenden Winkel über der Zahnkolumne; diese zeichnen sich durch Dicke und Höhe aus. Die Arme sind sehr schmal und lang und bestehn aus 170 Gliedern. Die Rückenschilder der Arme sind queroval, mehr als doppelt so breit wie lang. Die Bauchschilder sind viereckig, wenig breiter als lang. Drei Reihen stumpfer cylindrischer Stacheln von fast gleicher Länge. Sie gleichen an Länge der Breite der Bauchschilder. Eine Schuppe am Tentakelporus.

Farbe: dunkel, mit fünf Paaren gelber Flecken auf dem Rücken der Scheibe in der Nähe der Radialschilder; der Rükken der Arme dunkel mit gelben Flecken. Die Bauchseite der Arme ist gegen den Endtheil der Arme zu ebenfalls gelb gefleckt.

Grösse: Durchmesser der Arme reichlich 3 Linien; Länge eines Arms 7—8mal so lang wie der Durchmesser der Scheibe.

Fundort: Chile. Im zoologischen Museum zu Berlin durch Philippi.

II. Über die Ophiuren mit Häkchen an den Armen.

Wir haben in einer Abhandlung über die Gattungen der Ophiuren in diesem Archiv 1840. I. p. 326 eine Gattung *Ophionyx* nach einem äusserst kleinem Thierchen (*Ophionyx armata*) aufgestellt, welche sich von andern Ophiuren durch das Vorhandensein eines mehrzackigen Häkchens unterhalb der Stachelreihen der Armglieder auszeichnet. Damals konnten wir die Vermuthung nicht unterdrücken, dass es vielleicht nur der Jugendzustand einer Art aus einer andern Gattung sei. Bald beobachteten wir diese Häkchen noch an einer zweiten Art, *Ophiura scutellum* Grube aus dem mittelländischen Meere, der wir daher den Namen *Ophionyx scutellum* beilegten. Noch zwei Arten zogen wir nach den Abbildungen von Savigny unter den Echinodermen des rothen Meers in der Description de l'Egypte hierher: *Ophionyx Savignyi* und *Ophionyx scorpio* Nob. Hier sind nämlich diese Häkchen sehr deutlich abgebildet. Diese vier Arten haben wir in dem System der Asteriden, Braunschweig 1842, aufgeführt.

Wir haben dort die Gattung *Ophionyx* mit der Gattung *Ophiothrix* in eine Gruppe vereinigt, welche die Gattungen ohne Papillen an den Mundspalten umfasst. Beide Gattungen haben echinulirte Stacheln; beide haben nur Zahnpapillen, und die *Ophionyx* unterscheiden sich von den *Ophiothrix* allein durch den Besitz der Häkchen.

Die von uns beobachteten Arten von *Ophionyx* hatten Häkchen in der ganzen Länge der Arme. Ebenso ist es bei einer von Erdl untersuchten Ophiura aus dem adriatischen Meere (dieses Archiv 1842. I. p. 58 tab. II. fig. 11), die er *Ophiura echinata* nennt, welche mit unserer *Ophionyx scutellum* (*Ophiura scutellum* Grube) identisch ist; denn diese stimmt durch die Zahl (2) der Stacheln an den Seiten der Arme und durch das Grössenverhältniss des Häkchens zu den Stacheln mit der Erdl'schen Abbildung überein.

In neuerer Zeit haben wir die Arten unsers Genus *Ophiothrix* wegen seiner nahen Verwandtschaft mit Ophionyx auf die Gegenwart der Häkchen am Endtheil der Arme genauer untersucht, und haben uns überzeugt, dass sie hier wirklich in geringerer oder grösserer Ausbildung vorhanden sind,

und dass sie bei einzelnen Arten vereinzelt selbst bis gegen
den Grund der Arme vorkommen. Dies ist z. B. der Fall bei
Ophiothrix fragilis. Das unterste und kürzeste Stachelchen verwandelt sich nämlich hier und da aus seiner mit den
übrigen Stacheln gemeinsamen echinulirten Beschaffenheit in
die Hakenform, indem sich einzelne Zacken regelmässig
nach innen krümmen und verlängern, während die Zacken an
der Aussenseite vollkommen obliteriren. Gegen das Ende der
Arme sind die Häkchen regelmässig an jedem Gliede vorhanden und verhältnissmässig grösser zur Länge der Stacheln.
Diese zweizackigen Häkchen sind übrigens überall sehr klein
und leicht zu übersehen, und können nur mit Hülfe einer star-
ken Lupe aufgesucht werden. Bei *Ophiothrix Rammelsbergii* sind sie am Ende der Arme in gleicher Weise zweizackig ausgebildet, und vereinzelte kommen schon früher vor.
Ophiothrix hirsuta hat keine solche Häkchen am grössern
Theil der Arme, wohl aber am Ende derselben; sie sind ebenfalls zweizackig. *Ophiothrix echinata (Asterias echinata*
D e l l e C h i a j e) hat zwei- bis dreizackige Häkchen erst gegen
das Ende der Arme. In andern Fällen sind die Häkchen auch am
Ende der Arme sehr wenig ausgebildet, so dass man sie schwer
erkennen würde, wenn man sie nicht bei andern Arten in aus-
gebildeterer Gestalt gesehen hätte. So ist es bei *Ophiothrix
longipeda (Ophiura longipeda* L a m.) Sie gleichen hier Papillen, die an ihrer innern Seite mit vielen Zacken besetzt und
wie gesägt oder gekämmt sind. Bei keiner *Ophiothrix* haben
wir eine regelmässige Ausbildung an der ganzen Länge der
Arme wahrgenommen.

Durch diese Beobachtungen erscheint die Verwandtschaft
der *Ophiothrix* und *Ophionyx* noch grösser als es bisher der
Fall war, so gross, dass sie durch kein wesentliches Merk-
mal mehr zu unterscheiden sind, so dass sie sich nur künst-
lich noch als Untergattungen einer und derselben Gattung
trennen lassen. Wir erhalten derselben den Namen *Ophiothrix,* und unterscheiden darin die *Ophiothrix* im engeren
Sinne, bei welchen die Häkchen nur am Ende der Arme regelmässig an allen Gliedern vorkommen, und die *Ophionyx,*
bei denen sie in der ganzen Länge der Arme regelmässig
ausgebildet sind.

III. Über die geographische Verbreitung der Asteriden.

Es sind jetzt so viele Asteriden aus den verschiedenen Erdgegenden bekannt, dass es sich der Mühe lohnen möchte, einen Blick auf ihre geographische Verbreitung zu werfen. In der Gmelinschen Ausgabe des Linné sind nach Abzug der Crinoiden nur 33 Species der Asteriden aufgeführt. Die Zahl der Arten war in der Dissertation von Retzius auf 46 gestiegen. Lamarck hat 24 Arten von Ophiuriden, 44 Arten von Asterien, also im Ganzen 68. Gray unterscheidet 123 Arten von Asterien, die in 45 Gattungen vertheilt sind. In unserm „System" sind 232 Asteriden beschrieben, wovon wir 32 nicht gesehen. Davon kommen 149 Arten auf die Abtheilung der Asterien, worunter 60 neu, in 18 Gattungen vertheilt; 83 auf die der Ophiuriden, worunter 32 neu, in 14 Gattungen vertheilt. Zu diesen kommen 9 eben beschriebene Asterien und 1 Ophiure, wodurch die Gesammtzahl auf 242 sich erhöht. In der folgenden Übersicht haben wir bereits die uns noch unbekannten, einer noch ausführlichern Beschreibung bedürftigen Asteriden mehrerer Autoren aufgenommen. Von den Küsten Europa's sind uns 56 Arten bekannt geworden, von denen man im Allgemeinen annehmen kann, dass sie am vollständigsten gekannt sind. Nach diesem Maassstabe lässt sich erwarten, dass noch eine unverhältnissmässig grosse Zahl von Asteriden unbekannt ist.

Die allgemeine Verbreitung der Asteriden ist von keinen klimatischen Verhältnissen abhängig, sie kommen in den Polarmeeren so gut wie in den gemässigten und tropischen Klimaten vor. Die meisten Arten sind an ein bestimmtes Klima gebunden, andere dagegen haben eine sehr weite Verbreitung und scheinen in allen Meeren vorzukommen. Zu diesen müssen wir namentlich 4 Arten zählen.

Asteracanthion rubens lebt in der Nordsee, im Mittelmeer, in Japan und in Chile.

Asteracanthion tennispinus im Mittelmeer, bei den Molukken und Neuholland.

Echinaster oculatus in den norwegischen Meeren, im Mittelmeer, und im indischen Ocean.

Asteriscus verruculatus in der Nordsee, im Mittelmeer, im rothen Meer und in Indien.

Als ausschliesslich dem hohen Norden, insbesondere der Fauna von Spitzbergen und des nördlichsten Theils von Norwegen angehörend bezeichnen wir **5 Arten**:

Ophiolepis Sundevalli.

Ophiocoma arctica.

Ophiacantha spinulosa.

Ophioscolex glacialis.

Astrophyton Lamarckii.

Der Ctenodiscus polaris findet sich ausser den nördlichsten europäischen Küsten auch in Grönland, mit Echinaster Eschrichtii und Astrophyton euenemis.

Ausgebreiteter sind andere nördliche Seesterne, indem sie sich ausser dem nördlichen Theil des atlantischen Oceans auch in der Nordsee finden. Hierher gehören folgende **16 Arten**:

Asteracanthion roseus.

Solaster papposus, endeca.

Astrogonium phrygianum, granulare.

Asteropsis pulvillus.

Astropecten andromeda.

Pteraster militaris.

Ophiolepis filiformis, scolopendrica, brachiata.

Ophiocoma bidentata, nigra.

Ophiothrix granulata.

Asteronyx Lovéni.

Astrophyton Linckii.

Die Ostsee scheint von den Seesternen vermieden zu werden.

Vom nördlichen Europa bis in das Mittelmeer erstrecken sich **11 Arten**:

Asteracanthion glacialis, rubens.

Echinaster oculatus.

Asteriscus verruculatus, palmipes.

Luidia Savignii.

Ophiolepis ciliata, squamata, Ballii.

Ophiocoma tumida.

Ophiothrix fragilis.

Dem Mittelmeer eigenthümlich sind **25 Arten**.

Echinaster sepositus.

Chaetaster subulatus.

Ophidiaster ophidianus, attenuatus.

Astropecten bispinosus, Johnstoni, platyacanthus, serratus, spinulosus, pentacanthus, subinermis, aurantiacus.

Ophioderma longicauda.

Ophiolepis ,Tenorii.

Ophiacantha setosa.

Ophiomyxa pentagona.

Ophiothrix echinata, alopecurus, tricolor, Ferussacii, quinquemaculata, spinulosa, Rammelsbergii.

Astrophyton arborescens.

Von der westlichen africanischen Küste sind uns leider fast keine Arten bekannt. Luidia senegalensis ist nach Lamarck von dort, aber auch von Maregrav in Brasilien beobachtet. Wir erwähnen noch von den Inseln, welche der africanischen Küste gegenüber liegen:

Narcissia Teneriffae Gray von Teneriffa.

Ophidiaster aurantius Gray von Madeira.

Astropecten erinaceus Gray von St. Helena.

Dem südlichen Africa gehören an:

Asteracanthion africanus.

Asteriscus coccineus.

Ophioderma Wahlbergii.

Ophiothrix triglochis.

Asteriscus Krausii.

Letzterer kommt zugleich an den Molukken vor.

Im indischen Ocean überhaupt finden sich einige Arten von sehr weiter Verbreitung.

Asteriscus pentagonus (Rothes Meer, Molukken, Vandiemensland.)

Asteriscus penicillaris (Rothes Meer, indischer Ocean, südwestliches Neuholland.

Goniodiscus Sebae (Rothes Meer, Molukken, Neuguinea).

Archaster angulatus (Isle de France, Java, südwestliches Neuholland).

Echinaster fallax (Rothes Meer, Isle de France, Molukken, Philippinen).

Asterias (Asteracanthion) Calamaria Gray (Isle de France, Neuholland).

Ophiolepis imbricata (Isle de France, Timor).

126

Ophiocoma erinaceus (Isle de France, rothes Meer, süd-
westliches Neuholland).
Ophiothrix longipeda (Isle de France, Timor).
An eigenthümlichen Arten von Isle de France können wir
8 anführen:
Asteracanthion striatus.
Ophidiaster cylindricus.
Dactylosaster (Ophidiaster) cylindricus Gray.
Scytaster variolatus.
Oreaster obtusatus, nodosus.
Astropecten longipes Gray.
Ophiocoma lineolata.
Isle de France und dem rothen Meere gemeinsam ist nur
eine Art:
Scytaster milleporellus.
Dem rothen Meere eigenthümlich sind 15 Arten:
Ophidiaster Hemprichii, multiforis.
Oreaster tuberculatus, mamillatus.
Astropecten polyacanthus, Hemprichii.
Linckia (Ophidiaster) erythraea Gray.
Gomophia aegyptiaca Gray.
Ophiolepis cincta, dubia, Savignii.
Ophiocoma Valenciae.
Ophiothrix hirsuta.
Ophionyx Savignii, Scorpio.
Vom rothen Meere bis in die Molukken verbreitet sind 5 Arten:
Ophidiaster Ehrenbergii.
Culcita coriacea.
Asteropsis carinifera.
Ophiolepis annulosa.
Ophiocoma scolopendrina.
Ostindische Arten und meist von den Molukken bekannt
sind 23:
Oreaster affinis, turritus, hiulcus, verrucosus, regulus
(Pondichery).
Astrogonium cuspidatum.
Scytaster semiregularis, Kuhlii.
Asteriscus Cepheus, trochiscus.
Echinaster solaris.

Archaster typicus.

Astropecten hystrix (Ceylon), longispinus.

Petalaster Hardwickii Gray.

Ophiocoma picta, Schoenleinii.

Ophiomastix annulosa.

Ophiarachna incrassata, infernalis, septemspinosa.

Ophiothrix aspidota.

Trichaster palmiferus.

Astrophyton verrucosum, asperum.

Den Molukken, Carolinen und Neuholland gemein ist nur eine Art:

Ophidiaster miliaris.

Von Neuholland sind 15 Arten bekannt:

Astrogonium astrologorum, magnificum, nobile.

Asteriscus australis.

Pentaceros Franklinii Gray.

Asteropsis vernicina.

Oreaster valvulatus.

Goniodiscus seriatus, ocelliferus.

Astropecten Preissii, triseriatus, Vappa.

Echinaster decanus.

Tosia australis Gray.

Uniophora globifera Gray.

Echinaster eridanella von Neu-Irland.

Culcita novae Guineae von Neuguinea.

Hieran schliessen sich zunächst die Arten von den Inseln der Südsee, zum Theil ohne nähere Angabe des Fundorts:

Asteracanthion graniferus.

Ophidiaster echinulatus.

Goniodiscus pleyadella.

Ophiothrix nereidina.

Culcita discoidea (Marquesas-Inseln).

Linckia (Ophidiaster) pacifica Gray (Societäts-Inseln).

Astrophyton exiguum.

Dem chinesischen Meere und Neuholland gemein ist:

Astrogonium pulchellum.

Vom chinesischen Meere mit Einschluss der Philippinen sind 5 Arten bekannt.

Oreaster chinensis, orientalis.

Goniodiscus pentagonulus, Capella.
Randasia Luzonica Gray.
Japan und Neuholland gemein ist:
Luidia maculata.
Japan eigenthümlich sind 5 Arten:
Asteriscus pectinifer.
Stellaster Childreni.
Archaster hesperus.
Astropecten armatus, japonicus.

Aus dem Meer von Kamtschatka und der Behringsstrasse sind nur die von Brandt beschriebenen Arten bekannt, nämlich:
Asterias ochracea Br. (? Asteracanthion margaritifer Nob.)
Asterias miniata Br.
Asterias ianthina Br.
Asterias epichlora Br.
Asterias pectinata Br.
Asterias camtschatica Br.
Asterias affinis Br.
Asterias àlboverrucosa Br.
Asterias endeca Br.
Asterias helianthoides Br.

Von der Westseite des nördlichen und centralen Amerika sind bekannt:
Oreaster armatus.
Astropecten regalis Gray.
Paulia horrida Gray.
Von der Westseite des südlichen Amerika:
Asteracanthion gelatinosus, aurantiacus, helianthus.
Ophidiaster suturalis.
Goniodiscus singularis.
Asterias echinata Gray.
Cistina (Ophidiaster) Columbiae Gray.
Gymnasteria (Asteropsis) spinosa Gray.
Petalaster Columbiae Gray.
Pentaceros Cumingii Gray.
Ferdina Cumingii Gray.
Dactylosaster (Ophidiaster) gracilis Gray.
Ophidiaster pyramidatus Gray.
Ophiolepis chilensis.

Von der Ostküste von Südamerica:
  Echinaster brasiliensis.
  Asteriscus minutus.
  Oreaster reticulatus.
  Astropecten brasiliensis.
Von Westindien und den Antillen:
  Echinaster serpentarius.
  Ophidiaster ornithopus.
  Oreaster aculeatus.
  Astropecten Valenciennii.
  Astropecten dubius Gray.
  Linckia (Ophidiaster) Guildingii Gray.
Gemein dem südlichen und nördlichen America ist:
  Ophiothrix violacea.
Von der Ostküste Nordamerika's sind bereits 12 Arten
bekannt:
  Asteracanthion Katherinae.
  Echinaster spinosus.
  Astropecten articulatus.
  Ophiolepis paucispina, elongata, reticulata.
  Ophiocoma crassispina, isocantha.
  Ophiura brevispina Say, flaccida Say, appressa Say, cir-
    rhosa Say.

Werfen wir nach dieser Aufzählung der verschiedenen Fau-
nen einen Blick auf die Verbreitung der Gattungen, so müssen
wir auch wieder Gattungen unterscheiden, die in allen Meeren
verbreitet sind, und andere, die einer bestimmten Weltgegend
angehören. Zu den ersteren gehören die Gattungen Asteracanthion, die jedoch am wenigsten in dem indischen Ocean,
am meisten in den gemässigten und kalten Zonen entwickelt
ist: — Echinaster in allen Meeren der alten und neuen Welt;
— Astropecten ebenso, aber reich an Arten im mittelländischen
Meere; — Asteriscus im Norden und Süden der alten und
neuen Welt. Auch die Gattungen Asteropsis und Luidia, von
denen nur wenige Arten bekannt sind, reichen vom nördlichen
Europa bis nach Indien, letztere bis Japan. — Unter den Ophiuren sind am weitesten verbreitet die Gattungen Ophiolepis, Ophiocoma und Ophiothrix. Die Ophiolepis kommen in den nordischen Meeren, im Mittelmeer, im rothen Meere, in Indien und

auf beiden Küsten Amerika's vor. Die Ophiocomen erscheinen im höchsten Norden, im atlantischen Ocean, im Mittelmeer, in Indien, im rothen Meer, in Neuholland, an der Ostküste des nördlichen Amerika und Westindien, fehlen dagegen noch in Südamerika und dem stillen Meer. Die Ophiothrix erscheinen in den europäischen Meeren, im rothen Meere, Indien, Australien, Südafrika und der Ostküste von Amerika. Die Astrophyton, deren bekannte Arten meist den nordischen, und selbst hochnordischen Meeren angehören, erscheinen auch im Mittelmeer, in Indien und in der Südsee, fehlen aber noch an den Küsten Amerika's, woher jedoch Lamarck sein Euryale costosum haben wollte. — Auch bei Marcgrav wird eines Astrophyton Erwähnung gethan.

Die Astrogonien kommen in allen Zonen vor, beschränken sich aber noch auf die östliche Hemisphäre. Die Oreaster sind mit Sicherheit noch nicht in europäischen Meeren gesehen; ihre Verbreitung geht von dem indischen Ocean nach dem rothen Meere, Australien und China; unter 13 Arten von bekanntem Fundort gehören 9 dem indischen Ocean, nur wenige Arten der westlichen Hemisphäre an. Die Goniodiscus gehören dem indischen Ocean, dem rothen Meere, Australien, China und der Westküste von Südamerika an.

Die Ophidiaster sind grösstentheils tropische Seesterne; sie reichen bis in das Mittelmeer, nicht bis in die nördlichen europäischen Meere. Sie erscheinen in beiden Erdhälften, die meisten aber gehören dem indischen Ocean und rothen Meer an.

Ausschliesslich nordische Gattungen sind bis jetzt die Solaster, Pteraster, Ophioscolex und Asteronyx.

Die Culcita sind nur im indischen Ocean, rothen Meere und Australien beobachtet. Die Scytaster nur im indischen Ocean und rothen Meer; die Archaster nur im indischen Ocean und Japan; Stellaster nur in Japan.

Die Gattung Ophioderma erscheint im Mittelmeer und südlichen Afrika; Ophiarachna, Ophiomastix und Trichaster kommen nur im indischen Ocean vor. Ophionyx findet sich im rothen Meer und Mittelmeer, Ophiacantha in den europäischen Meeren, Ophiomyxa ausschliesslich im Mittelmeer.

Die amerikanischen, japanesischen, chinesischen, neuholländischen Ophiuren sind noch sehr unvollständig bekannt.

Die meisten amerikanischen Ophiuren, welche man kennt,
gehören der Ostküste des nördlichen Amerika an, von der
ganzen Westküste ist nur eine Ophiure bekannt, desgleichen
nur eine von der Ostküste des südlichen Amerika. Von Neuholland ist uns keine Ophiure bekannt geworden, ausgenom-
men die weitverbreitete Ophiocoma erinaceus. Von China,
Japan, den Aleuten und dem kamtschatkischen Meere kennt
man noch keine einzige Ophiure; und von Madagascar keine
einzige Asteride.

Neue Beiträge zur Kenntniss der Arten der Comatulen

von

J o h. M ü l l e r.

In dem Monatsbericht der Königl. Akademie der Wissen-
schaften zu Berlin 1841 Mai und daraus in diesem Archiv 1841
sind die Arten der Comatulen festgestellt und 16 neue Arten
ausführlich beschrieben. Seit dieser Zeit habe ich noch einige
neue Arten kennen gelernt, theils auf meiner Reise in Schwe-
den im Herbste des Jahres 1841, nämlich in den Museen von
Stockholm und Lund, theils hier in Berlin unter neu einge-
troffenen Materialien. Diese will ich jetzt beschreiben.

Alecto Wahlbergii Nob. nov. sp.

20 Arme. Knopf ganz flach, selbst ausgehöhlt, Ranken
am Umfang, 24 mit 17 Gliedern. Von der Hälfte der Länge
der Ranken an haben ihre Glieder innen ein Dörnchen. Die
untersten Rankenglieder sind dicker und breiter als lang, die
weiteren länger als breit, noch weiterhin bis ans Ende so lang
wie breit. Radialglieder sind nur 2 sichtbar. Nach der Theilung 3 Glieder bis zur zweiten Theilung, wovon das zweite
aussen eine Pinnula, das dritte ein Syzygium hat. 3—5 Glieder zwischen den Syzygien der Arme. Die Armglieder sind
niedrig. Die erste Pinnula ist grösser als die zweite, diese